NOTICE SUR LE TOMBEAU

DE

WARIN DE GONDRECOURT

AUTREFOIS

DANS L'EGLISE SAINT - ÉTIENNE

DE

SAINT-MIHIEL

PAR

M. LÉON GERMAIN.

NOTICE SUR LE TOMBEAU

DE

WARIN DE GONDRECOURT

AUTREFOIS

DANS L'EGLISE SAINT - ÉTIENNE

DE

SAINT-MIHIEL

PAR

M. LÉON GERMAIN.

NANCY

TYPOGRAPHIE G. CRÉPIN-LEBLOND

Grande-Rue (Ville-Vieille), 11.

—

1882

TOMBEAU DE MESSIRE WARIN DE GONDRECOURT
inhumé en 1606 dans l'Eglise St ETIENNE à St Mihiel.

Joseph Richier

Autog H Christophe Nancy.

NOTICE SUR LE TOMBEAU

DE

WARIN DE GONDRECOURT

L'église Saint-Etienne, anciennement seule église paroissiale de Saint-Mihiel (1), renfermait, avant la Révolution, un très grand nombre de monuments funéraires, dont plusieurs étaient ornés de sculptures remarquables.

M. Dumont (2) nous apprend que l'église, interdite au culte dès le 23 novembre 1793, fut, le 22 février 1794, condamnée officiellement, par le Conseil général de la Commune, « à la destruction radicale de son in-

---

(1) On sait que l'édifice actuel, qui paraît dater du commencement du XVIᵉ siècle, n'est que le chœur de l'ancienne église. C'est en 1824 que toute la partie antérieure, d'une époque beaucoup plus reculée, fut démolie, et que l'on construisit l'insignifiant clocher qui existe maintenant. V. ce que M. Dumont, dans son *Histoire de Saint-Mihiel* (t. III, p. 335 et suiv.), dit de cette mutilation, bien regrettable pour l'archéologie. Le même historien (*ibid.*, p. 255) a donné une planche, fort médiocre, représentant l'ancien édifice ; M. Thorelle l'a aussi figuré dans l'encadrement de la couverture des planches dessinées par lui, vers 1840, pour accompagner l'ouvrage que M. Justin Bonnaire se proposait de publier sur Ligier Richier.

(2) Dumont, *ibid.*, p. 328.

térieur », à l'exception du *Sépulcre* de Ligier Richier. Elle était, dit-il plus loin (1), « criblée de marbres funèbres, accolés aux murailles ou répandus sur le pavé. Le District, qui les fit démolir en l'an II par les soins d'un architecte, afin d'en tirer le meilleur parti possible, les vendit néanmoins comme simples débris et en retira 1,400 fr. » ...

Quelques œuvres d'art furent sauvées, sans doute; mais elles perdirent les signes de leur origine. Il en est ainsi, du moins, d'un morceau de sculpture, bien connu par suite de l'attribution erronée qui en a été faite à Ligier Richier, et qui représente un enfant jouant avec deux têtes de mort; transporté en l'église Saint-Michel, on l'a utilisé dans l'ornementation de la chapelle des fonts baptismaux, bien que le sujet soit peu approprié à sa destination nouvelle. Ce motif provient d'un tombeau qui existait dans l'église Saint-Etienne. Il ne nous paraît pas sans intérêt de faire connaître ce qu'était ce monument, dont M. Dumont n'a point parlé, et de déterminer les fragments qui lui ont survécu.

Au nombre des curieuses collections de M. Morey, architecte de la ville de Nancy, se trouve une série extrêmement précieuse de calques de dessins anciens, plans et croquis géométriques, de monuments de la Lorraine détruits depuis la fin du siècle dernier. C'est là que nous avons retrouvé l'esquisse dont la planche jointe à cette notice donne la réduction. Nous ne saurions trop remercier M. Morey de l'obligeance qu'il a eue de nous en faire une copie, et de nous permettre de la publier.

(1) *Ibid.*, p. 333.

Ce dessin, ainsi que l'indiquent l'inscription qui l'accompagne et l'écusson qui y figure, nous représente le tombeau, érigé, dans les premières années du XVIIe siècle, en l'église Saint-Étienne, à la mémoire de Warin de Gondrecourt, receveur-gruyer d'Hattonchâtel, personnage sur lequel nous donnerons plus loin quelques renseignements généalogiques.

Ce qui nous intéresse principalement dans ce tombeau, c'est d'y retrouver, de la manière la plus indiscutable, l'enfant aux têtes de mort des fonts baptismaux de l'église Saint-Michel, et non seulement l'enfant, mais encore toute la bordure inférieure de l'épitaphe et la tête d'ange avec la partie centrale de l'entablement; on peut donc affirmer que, à l'exception des armoiries, des statues et de l'épitaphe, disparues sans doute pendant la révolution, c'est bien le même monument qui a été rétabli ailleurs ; seulement, l'inscription mortuaire a été remplacée par une autre, relative au sacrement de baptême.

Comment s'est fait ce transport, bien surprenant, d'une église dans l'autre? Il y a une trentaine d'années, nous assure, pour l'avoir constaté *de visu*, une personne qui, à cette époque, visitait souvent Saint-Mihiel, ce monument existait encore en l'église Saint-Étienne, dans l'ancienne chapelle de Saint-Éloy, à gauche en entrant par la grande porte. Le souvenir paraît en être assez complètement perdu dans cette ville; plusieurs de ses habitants, bien en position d'être exactement informés, que nous avons consultés à cet égard, n'ont pu nous révéler aucun fait certain. Tout ce que nous avons pu obtenir se borne au renseignement suivant; nous en remercions M. l'abbé Souhaut, curé de Saint-Étienne,

qui a bien voulu nous le fournir. « Le monument, nous
écrit-il, trouvé dans l'avant-sacristie de l'église de
Saint-Michel et recueilli dans le sacraire, a été placé aux
fonts baptismaux en 1857, d'après les plans de M. Demoget, architecte, par M. Thirion, sculpteur. » (1) — Il
est fâcheux que ce lieu soit fort sombre et qu'une grille,
ordinairement fermée, ne permette pas d'entrer dans la
chapelle (2). Quelques réparations furent nécessaires;
l'enfant, notamment, avait le pied droit brisé. C'est ce
que permet de constater un daguerréotype qu'on eut
l'excellente idée de prendre des fragments de sculpture,
avant toute restauration. M. Ch. Gilbert, photographe
à Toul, qui s'occupe spécialement des monuments anciens, s'est rendu, il y a quelques années, à Saint-Mihiel
pour y reproduire les ouvrages de statuaire de l'école
de Ligier Richier; à cette époque, on ne connaissait pas
encore les appareils perfectionnés qui exigent peu de
lumière; ne pouvant photographier le baptistère de
Saint-Michel, il dut se servir du daguerréotype qui lui

(1) Voir, à l'*Appendice*, l'importante communication qui
nous a été faite tardivement par M. l'abbé Contenot, curé-
doyen de Saint-Mihiel.

(2) Cette chapelle, situé à l'extrémité sud-ouest de l'édifice,
dont le chœur est tourné vers l'orient, n'avait pas été créée
pour sa destination actuelle, puisque l'église étant, avant
la Révolution, abbatiale et non paroissiale, ne devait pas
avoir de fonts baptismaux. Le lieu n'est pas conforme aux
prescriptions de la liturgie, mais il est probable qu'on ne
pouvait sans grande difficulté en choisir un différent. La
place normale du baptistère « est au nord, du côté de l'évan-
gile; par conséquent, dans un édifice orienté, à gauche en
entrant ». (Mgr. X. Barbier de Montault, *Traité pratique de
la construction, de l'ameublement et de la décoration des
églises...*, 1878, t. I. p. 106.)

fut communiqué. L'image y étant renversée, il en fut de même de la photographie, bien connue de tous les amateurs, et dont s'est apparemment inspiré, en conservant ce défaut, le graveur de *l'Art en Alsace-Lorraine* (1).

—

Il importe de rechercher qui est l'auteur de cette œuvre intéressante.

Sur le calque de M. Morey est inscrit le nom de *Joseph Richier*, désigné évidemment comme le sculpteur-architecte du monument, et sans doute aussi comme le dessinateur de l'esquisse originale. Quoique ce nom soit peu connu, peut-être à raison de cela même, il n'y a pas lieu, nous semble-t-il, d'en suspecter l'authenticité; l'illustre Ligier eut des neveux qui furent des artistes de mérite. C'est à eux, probablement, que l'on doit une bonne partie des différents morceaux de sculpture de la Renaissance que l'on remarque dans les églises de Saint-Mihiel, et que des écrivains peu critiques ont attribué à l'auteur du Sépulcre, cherchant, par un zèle inconsidéré, à accroître le nombre de ses œuvres, sans se rendre compte que la plupart présentent les signes certains d'une époque postérieure, et ne seraient nullement de nature à augmenter sa réputation.

L'enfant aux têtes de mort s'est vu, lui aussi, attribuer cette glorieuse paternité.

Vers 1840, M. Justin Bonnaire le fit représenter dans

(1) V. plus loin, p. 13, note 1.

l'une des planches qui devaient accompagner le grand travail qu'il préparait sur Ligier Richer (1).

Douze ans plus tard, M. le docteur Denys, dans son mémoire sur le même artiste (2), mentionnait aussi, incidemment, au nombre de ses œuvres, « cet enfant qui sourit, tenant de chaque main une tête de mort ». Il lui a également consacré une planche (3).

En 1861, M. Dauban, conservateur-adjoint de la Bibliothèque nationale, osa, le premier croyons-nous, émettre un doute, dans une notice qui, à part deux ou trois détails à y rectifier, est assurément la meilleure étude qui ait été faite jusqu'ici sur Ligier Richier (4). Examinant d'abord les ouvrages qui peuvent lui être attribués, il déclare (5) que si « l'enfant du bap-

(1) *Richier et ses œuvres*, par Justin Bonnaire. Dessins de Thorelle. Lith. de Digout, à Nancy. — M. Noël, dans le *Catalogue raisonné* de ses collections lorraines, mentionne ainsi ces planches : « 5409. Six sujets gravés d'après les sculptures de Ligier Richier, et un frontispice, objets qui doivent orner l'ouvrage que se propose de publier M. Bonnaire sur le sculpteur Ligier. Thorelle del., 1840. Trois planches in-fol. et trois in-4°. » — Le recueil que possède le Musée lorrain comprend douze planches, dont quelques-unes représentent deux sujets différents. L'enfant aux têtes de mort est figuré avec le pied droit brisé.

(2) *Mémoire sur le sépulcre de Saint-Mihiel et sur Richier (Léger ou Ligier) son auteur. Deuxième partie.* Orléans, 1859, p. 8.

(3) Lith. A. Jacob, Orléans. — Cette lithographie paraît être faite d'après celle de Digout.

(4) C.-A. Dauban, *Ligier Richier, sculpteur lorrain. Étude sur sa vie et ses ouvrages.* 1861. (Extrait de la *Revue des Sociétés savantes.*)

(5) Page 18.

tistère de Saint-Michel » et deux autres morceaux de l'église Saint-Etienne « ne sont pas de la main de Richier,... ils ont pu être exécutés par ses élèves ou d'après ses dessins. »

Un peu plus loin (1), il apprécie isolément, et d'une manière fort juste, cette sculpture. Nous transcrivons :

« A l'entrée de l'église Saint-Mihiel (2), à droite, se trouve un baptistère de l'époque de la Renaissance, qui a été récemment restauré (3). Au milieu du soubassement de l'autel, d'une ornementation élégante, est encastré un enfant sculpté dans la pierre favorite de Richier, la pierre rose de la Meuse. L'exécution a laissé des parties faibles qui font douter ; il en est d'autres où on croit reconnaître l'auteur du bas-relief de la Bibliothèque impériale. Richier semble avoir traité de préférence des sujets graves et tristes ; mais, s'il touche aux petits enfants, ce chantre de la douleur, il excelle à leur donner, avec la grâce souriante, la joyeuse insouciance de leur âge. Le visage du petit génie du baptistère de Saint-Mihiel, d'un type un peu vulgaire, est animé d'un gaieté moqueuse, tandis que ses mains jouent avec deux têtes de mort : contraste philosophique qui oppose le rire confiant de la vie sur la face épanouie de l'enfant au rire désespéré de la mort, qui fait grimacer les ossements du squelette.

» On peut reprocher à cette figure le maniérisme de

(1) Page 24.

(2) Lisez *Saint-Michel*.

(3) M. Dauban n'a pas remarqué que l'église, ayant été, jusqu'à la Révolution, abbatiale et non paroissiale, ne pouvait avoir anciennement de fonts baptismaux.

la tête, l'exagération du torso. Les pieds (1), les mains ont une délicatesse élégante. Les têtes de mort prouvent une science anatomique peu commune. Je n'oserais affirmer que cet ouvrage soit de la main de Richier ; mais, s'il n'est pas de lui, je suis porté à croire qu'il a été exécuté par ses élèves ou tout au moins d'après ses dessins. »

Un an après qu'avait paru la notice de laquelle nous avons tiré l'extrait qui précède, M. Dumont publia le dernier tome de son *Histoire de Saint-Mihiel* (2), dont la partie biographique comprend un article important sur Ligier Richier. M. Dumont y donne la liste des œuvres attribuées au grand sculpteur, classées suivant le degré de probabilité. Aucune allusion à l'enfant aux têtes de mort n'y est faite, de même que l'auteur n'en parle nullement dans les chapitres consacrés à l'histoire et à la description des deux églises (3).

M. René Ménard est, à notre connaissance, le dernier écrivain qui ait apprécié le fragment en question, dans son élégant ouvrage sur l'art en Alsace et en Lorraine, publié en 1876 (4). Il regarde comme datant de la fin

(1) On a vu précédemment que le pied droit, qui était brisé, a été refait.

(2) Tome IV, 1862.

(3) Pour l'église Saint-Étienne, v. t. III, p. 255, et pour l'église Saint-Michel, t. IV, p. 1. — Dans une brochure anonyme intitulée : *Notice sur le sépulcre de Saint-Mihiel*, imprimée dans cette ville en 1871, l'enfant aux têtes de mort du baptistère de Saint-Michel est encore attribué à Ligier Richier (p. 10).

(4) *L'Art en Alsace-Lorraine*, Paris, 1876. Le texte de cet ouvrage, qui eût dû être intitulé *L'Art en Alsace et en Lor-*

de la Renaissance la plupart des sculptures qu'on voit
à Saint-Mihiel, et dans lesquelles figurent des enfants.
C'est à l'occasion du morceau, bien connu, aux armes
de Dieulewart et Pourcelet, qu'il porte ce jugement.
« Les enfants de ce groupe, dit-il (1), sont modelés
d'une façon ravissante, mais il faut remarquer que,
précisément à l'époque dont nous parlons, les sculpteurs
se préoccupaient beaucoup de traduire les formes
enfantines. Le Flamand Duquesnoi, qui fut ami du
Poussin, était renommé pour ses petits enfants sculptés,
mais il n'était pas sans rivaux, et la Lorraine suivait
alors, dans les évolutions du goût, un mouvement
analogue à celui de la Flandre. »

Il parle ensuite, en ces termes, du sujet qui nous
occupe :

« Nous aimons moins un autre enfant placé dans les

raine, se ressent un peu de la hâte que les circonstances
paraissent avoir amené dans sa confection. C'est ainsi que
l'auteur (p. 529) assimile à tort le sujet de trois groupes représentant la Vierge défaillante soutenue par saint Jean,
savoir : celui de l'église Saint-Michel, celui du Sépulcre, et
la « réduction en terre cuite », que possédait encore récemment un amateur de Saint-Mihiel, et que M. Gilbert a fait
connaître par la photographie. Les deux premiers groupes
sont très différents, puisqu'au Sépulcre, la Vierge est soutenue non seulement par saint Jean, mais aussi par Marie,
femme de Cléophas, sa sœur; celui de Saint-Michel est bien
inférieur comme composition et comme travail. Quant à la
terre-cuite, elle est reconnue pour être semblable au groupe
du Sépulcre, les personnages étant réduits à deux par suite
d'un accident. (V. Dauban, *ibid.*, p. 34-35; *Notice sur le
sépulcre de Saint-Mihiel*, citée ci-dessus, p. 10, et Justin
Bonnaire, *Respect au sépulcre !...*, Nancy, 1863, p. 55, dern.
alinéa.)

(1) R. Ménard, *ibid.*, p. 529.

fonts baptismaux de l'église Saint-Michel, et qui, dans chacun de ses petits bras, tient une tête de mort ; nous ne le croyons pas plus que le précédent contemporain de Ligier Richier. Le contraste de l'enfance souriante et la hideuse mort est une idée qui vient du moyen âge, dont les inspirations sinistres ont persisté longtemps dans l'École française, puisqu'on les retrouve encore dans certains tombeaux du xviii° siècle (1). Mais si

(1) Nous ne pouvons nous abstenir de protester contre cette assertion. Le moyen-âge n'a jamais cherché à représenter les sentiments de tristesse que provoque la pensée de la mort ; tous les tombeaux antérieurs à la Renaissance, et même de la première partie de cette époque de rénovation, ne rappellent que les espérances de résurrection et de vie future ; ce n'est que plus tard, par suite du changement des idées, qu'on se plut à exposer sur les monuments funéraires des images d'épouvante et de néant, et que les symboles religieux firent place aux représentations d'un réalisme souvent exagéré et répugnant ; le clergé, lui-même, paraît s'être laissé entraîner dans cette voie par l'oubli des traditions et par le désir d'exciter aux sentiments de piété, non plus par l'attrait des récompenses éternelles, mais par l'effroi de la mort. C'est pour céder à la mode de l'époque que l'auteur du « Squelette » de Bar-le-Duc a exécuté cette œuvre remarquable : tout en y admirant le talent et la science anatomique du sculpteur, il est permis de regretter qu'un tel sujet fût destiné à un tombeau chrétien.

Les faits sur lesquels nous avons cru utile d'arrêter un instant l'attention ont été parfaitement constatés par Viollet-le-Duc.

« Ce n'est que depuis le xvi° siècle, dit-il dans son *Dictionnaire raisonné de l'Architecture française* (art. *tombeau*, t. IX, p. 22), qu'on a imaginé de donner aux sépultures un caractère funèbre ; de les entourer d'emblèmes, d'attributs ou d'allégories qui rappellent la fin, la décomposition, la douleur sans retour, l'anéantissement, la nuit, l'oubli, le néant. Il est assez étrange que ces idées se soient fait jour chez des peuples qui se piquent d'être chrétiens, et

le corps de l'enfant montre un artiste habile, la vulgarité du visage doit éloigner l'attribution qu'on veut en faire à Ligier Richier, et la figure implique absolument les premières années du xviiᵉ siècle (1). En revanche, le sculpteur qui a fait cet enfant aux têtes de mort pourrait bien être également l'auteur des deux autres enfants, dont l'un a les mains jointes, tandis que l'autre croise les bras, et qu'on donne, bien entendu, au grand sculpteur lorrain. »

Ces enfants, on les reconnaît, sont ceux que l'on voit dans l'église Saint-Étienne.

---

chez lesquels, en chaire, on montre la mort comme une délivrance, comme la fin des misères attachées à la courte existence terrestre. Les *païens*, par opposition, ont donné aux monuments funèbres un caractère plutôt triomphal que désolé. Le moyen âge avait conservé cette saine tradition ; les tombeaux qu'il a élevés n'adoptent jamais ces funèbres attributs mis à la mode depuis le xviᵉ siècle, ces effets théâtraux ou ces froides allégories qui exigent toujours, pour être comprises, la présence d'un cicerone. — De la mort il ne faut point tant dégoûter les gens, puisque chacun doit subir sa loi ; il ne paraît pas nécessaire de l'entourer de toute cette friperie de mélodrame, disgracieuse et ridicule. C'est à la fin de la renaissance qu'on éleva les premiers mausolées décorés d'allégories funèbres sorties de cerveaux malades : d'os de mort, de linceuls soulevés par des squelettes, de cadavres rongés des vers, etc. L'art du *grand siècle* ne pouvait manquer de trouver cela fort beau et le xviiiᵉ siècle renchérit encore sur ces pauvretés. Ce moyen âge, que plusieurs nous présentent toujours comme maladif, ascétique, mélancolique, ne prenait pas ainsi les choses de la mort... »

(1) Cette description est accompagnée d'une figure, placée en cul-de-lampe à la fin du chapitre (p. 531) ; mais, outre que l'image est renversée, le visage de l'enfant est fort disgracieux et mal rendu.

L'opinion de M. René Ménard est pleinement confir-
mée par le dessin que nous publions, où se lit le nom
de Joseph Richier, qui était, croit-on, neveu de Ligier
et frère de Jean. On sait que ce dernier travailla aux
Cordeliers de Nancy (1). Il y eut un concours entre lui
et Florent Drouin, le jeune, pour l'exécution de la statue de saint Georges qui orne la porte de ce nom à
Nancy ; ce fut Drouin qui l'emporta (2). M. Dauban dit
que Jean Richier mourut en 1624 (3). M. Noël possédait
quelques dessins de lui (4).

Joseph est beaucoup moins connu, et nous eussions
été tenté de faire quelques recherches sur cet artiste, si
nous n'avions su que M. l'abbé Souhaut, curé de la
paroisse Saint-Etienne, s'occupe depuis plusieurs
années du travail considérable sur Ligier Richier, ses
œuvres et son école, pour lequel il a déjà réuni de
nombreux matériaux. Nous transcrirons, néanmoins,
la mention d'un dessin de Joseph Richier que possédait

(1) M. l'abbé Guillaume (*Cordeliers et Chapelle ducale de
Nancy*, dans les *Mémoires de la Société d'Archéologie lor.*,
t. II, 1851, notes, pp. xxxvii, xlii. — M. Noël (*Catal. raisonné*, p. 859, n° 5383), après avoir rappelé ce renseignement,
ajoute : « Il a aussi travaillé à la Chartreuse. (*La Chartreuse*, par H. Lepage, p. 35) ». Nous n'avons trouvé aucune
indication de ce fait dans l'opuscule cité, qui est intitulé :
Les Chartreuses de Sainte-Anne et de Bosserville (Nancy,
1851). Dans son catalogue, M. Noël ne signale aucun autre
ouvrage similaire ; sa mémoire semble donc l'avoir trompé
sur ce point.

(2) Lionnois, *Histoire de Nancy*, t. I, p. 449.

(3) Dauban, *ibid.*, p. 17.

(4) *Catalogue raisonné*, n° 4816-4818 et 5383.

M. Noël, et qu'il signale ainsi dans le *Catalogue rai-sonné* de ses collections lorraines :

« 4815. Deux anges adultes, dessin à la plume. Au bas est écrit : Joseph Richier. Fait le 15 février 1604, à Paris. Hauteur, 0m215 ; largeur, 0m149. »

Les trois numéros suivants étaient aussi des dessins, l'un, de la même année, avec le nom de Jean Richier ; les autres avec un monogramme formé des lettres J. R. croisées. M. Noël dit, après leur description : « Nous croyons ces précieux dessins de Jean et Joseph Richier, neveux et élèves du célèbre Ligier Richier, l'auteur du Saint-Sépulcre de Saint-Michel. »

Outre la planche que nous reproduisons, M. Morey possède des calques de plusieurs dessins sur lesquels on lit le nom de Joseph Richier, et qui sont du plus grand intérêt pour l'étude de l'œuvre de cet artiste. Nous croyons devoir les signaler sommairement, d'après des notes prises au cours d'un rapide examen.

1. Deux projets, légèrement différents, pour un puits ou une fontaine. C'est un édicule composé de deux piédestaux circulaires ornés de moulures, entourés de six enfants nus, portant sur leurs épaules des vases, desquels s'échappe l'eau. Quatre figures font voir les deux faces de chaque fontaine. Les douze enfants sont tous variés. Au-dessus de l'un des projets est écrit : « JOSEPH RICHIER, FAIT LE 18 OCTOBRE 1603 A INDILLER » ; et sous l'autre : « FAIT LE 23 OCTOBRE 1604 A INDILLER EN GASCOGNE ».

2. Tombeau présentant beaucoup de ressemblance avec celui de Warin de Gondrecourt. Au bas d'un cadre analogue, un enfant nu, assis sur un élégant cui-de-lampe, appuie ses mains sur deux têtes de mort,

posées sur la saillie de l'encorbellement. En haut est
un écu ovale, sans armoiries, que deux génies soutiennent. Outre le nom de Joseph Richier et un monogramme formé des deux lettres initiales de ce nom,
ce dessin porte l'inscription suivante : « LE 26 DÉCEMBRE
1624 À MEZ ».

3. Grande cheminée ornée de deux cariatides à
gaines de consoles, tenant des vases sur leurs têtes.
De chaque côté du manteau, orné d'une table pour
inscription, se trouve un enfant. Au-dessus est un
attique richement décoré, flanqué de deux niches dans
lesquelles sont des statues très sveltes. L'encadrement
est orné de tablettes de marbre, de consoles et d'en-
roulements. On remarque deux écussons héraldiques,
d'homme et de femme, mais sans indication d'armoiries.

Au bas de la planche, on lit : « JOSEPH RESCHIER SPIP (?)
1625 × MARS (?) 1601 A PARIS. — JOSEPH RICHIER FECIT
IANVIER A PARIS ». Et ailleurs : « NOTA. SUR UNE FIGURE
DE STATUE REPRÉSENTÉE DES 2 FACES, ON LIT : JOSEPH
RICHIER FAIT LE 25 JANVIER 1609 A PARIS ».

4. Deux bas-reliefs, d'une composition remarquable ;
l'un paraît représenter Minerve ; le second, Hercule
aux pieds d'Omphale.

5. Superbe statue de femme, les bras nus jusqu'aux
coudes, tenant un caducée. C'est, sans doute, la Méde-
cine. Elle est admirablement drapée ; son attitude est
pleine de noblesse et de force.

6. Projet de tombeau fort considérable, destiné à
être adossé à un mur. Une table pour inscription, flanquée de deux statues allégoriques, dont l'une semble
porter une ancre (l'Espérance), est surmonté d'un cou-

ronnement en attique. Un ange tient un sablier et une tête de mort. Sur les acrotères sont des enfants. A côté de ce monument est esquissée une statue de saint Nicolas.

7. Autre tombeau. Au-dessus d'un soubassement touchant le sol est un grand médaillon carré, entouré d'une draperie maintenue aux angles supérieurs par des chérubins. Vers le bas, un cartouche, que deux autres chérubins soutiennent, renferme un écusson, sans armoiries, timbré d'un armet avec lambrequins. Trois tablettes, incrustées dans le soubassement, portent chacune l'un des mots de la devise : FATIS OMNIA CEDANT.

8. Un cartouche, devant être appliqué à un mur, est entouré de divers compartiments variés, dans lesquels se trouvent des guirlandes d'acanthe et de fruits, embellies d'un foudre d'une part et d'un objet indistinct d'autre. Le tout est couronné aux angles de deux génies ailés ; l'un sonne de la trompette et porte une corne d'abondance ; le second tient un livre d'une main et une palme de l'autre. Un grand écusson central, de forme ovoïde, est environné de draperies, et sur les côtés s'élèvent des palmes. Cet ensemble, très riche, est fort original et du meilleur goût.

9. Projet de tombeau, comprenant un sarcophage supporté par des têtes de mort, et, au-dessus, une table à inscription entourée de pilastres et couronnée d'un fronton, que surmonte un médaillon ovale, flanqué de deux génies. L'un a une main posée sur une tête de mort ; l'autre soutient le médaillon, sur lequel est représenté le buste d'un homme barbu. Deux palmes et une couronne surmontent ce portrait. Sur le côté gauche de

l'inscription est un génie tenant d'une main une croix et de l'autre une palme. Plus loin, sur les côtés, sont deux statues, dont l'une paraît être l'Abondance. Elles sont séparées du monument par deux grandes pyramides, incrustées d'écussons en marbre. Le tout repose sur le sol par l'intermédiaire d'un grand soubassement, orné de piédestaux.

10. Puits en forme de niche, orné de caissons, et dont la clé représente un masque de Neptune. Sur les côtés sont deux colonnes ioniques, entourées de feuillage en spirale. L'ensemble se termine par un fronton triangulaire, surmonté d'un vase et de roseaux, entre lesquels on distingue des animaux fantastiques. La margelle, très originale, est flanquée de vases dont le couronnement servait à poser les objets destinés à contenir l'eau.

11. Fontaine composée d'un bassin couronné d'une niche, dans laquelle se trouve une syrène. Elle est montée sur un dauphin et se presse les seins, desquels jaillissent des filets d'eau, tombant dans la vasque. Sur le devant est un écu ovale, placé entre deux branches; il ne renferme pas traces d'armoiries.

12. Projets pour deux fontaines. — L'une est en forme de trapèze octogonal à angles rentrants; dans chacun des coins sont deux enfants sur des tritons ou dauphins, jetant de l'eau dans des vasques. Au centre, on voit Neptune, ayant en main un trident. — Le bassin de la seconde a la forme d'un carré, au milieu des côtés duquel sont des parties demi-circulaires où l'on voit des enfants qui tiennent des tridents et sont à cheval sur des tritons jetant de l'eau. Le centre, s'élevant à une grande hauteur, supporte un Hercule, muni d'une massue et d'une peau de lion.

13. Il nous reste à faire connaître l'esquisse d'un tombeau, sur l'origine duquel il sera nécessaire d'entrer dans de plus longs développements. Ce monument est formé d'une grande table à inscription, divisée en trois compartiments verticaux, flanquée de troncs d'arbres sur pilastres coniques supportant les écussons des huit quartiers généalogiques, et de deux statues de femmes debout, l'une tenant une palme, et l'autre une trompette (la Renommée). En haut est un écu féminin. Deux pyramides sur piédestaux forment attique sur l'ensemble. Le tout repose sur un encorbellement formé de consoles très ornées, de figures, draperies, feuilles d'acanthe et devises, dont la principale est : VBI AMOR, IBI FIDES.

Pour déterminer à quelle personne était destiné ce tombeau, il faut décrire les armoiries qui s'y voient représentées.

L'écusson principal, dont la forme ovale ne peut convenir qu'à une femme, est : *parti, au chevron, accompagné d'une étoile à dextre* (armes du mari), *et écartelé : aux 1er et 4e, 3 chevrons; aux 2e et 3e une croix ancrée* (armes de famille de la femme). Les armes de famille de la défunte se retrouvent au premier des huit quartiers; au-dessus est écrit : *Stainville.* Il est vrai que la maison de ce nom portait : *d'or, à la croix ancrée de gueules* (1); mais l'examen de l'écartelure et des autres quartiers ne permet pas de maintenir cette interprétation, qui provient sans doute d'une mauvaise lecture; on ne peut voir dans ces armes que celles de la maison de RAVILLE, savoir : *écartelé, aux 1er et 4e, de gueules à 3 chevrons d'argent*, qui est de Raville; *aux 2e et 3e, de gueules à la croix ancrée d'argent*, qui est de Septfontaines. En

(1) Husson l'Ecossois, *Simple crayon.*

suivant les autres quartiers de la ligne paternelle, c'est-à-dire du côté dextre, on voit que le second offre encore une croix ancrée, avec le nom : ROCHE ; le troisième, un lion ; et le quatrième, un losange, chargé d'un objet indistinct. Les noms inscrits à ces deux quartiers sont indéchiffrables et paraissent abrégés. Le côté de la ligne maternelle présente les noms et les armoiries des familles bien connues de BASSOMPIERRE (1), VILLE (2), DOMPMARTIN (3), NEUFCHATEL (4).

D'après l'examen de ces quartiers, il n'y a aucun doute que la personne qui devait reposer sous ce tombeau ne soit fille de Jacques II de Raville et de Marguerite de Bassompierre. La famille de Raville (en allemand Rollingen), originaire de Lorraine (5), était passée, dès le XIIIᵉ siècle, dans le duché de Luxembourg. Jacques II, qualifié chevalier, était sire de Septfontaines, d'Ausembourg, de Kœrich, etc., justicier du siège des nobles en 1582, prévôt d'Arlon et sous-gouverneur du duché de Luxembourg. Suivant la généalogie de sa famille, publiée par M. le baron Emm. d'Huart (6), ses quatre quartiers seraient : Raville,

(1) *D'argent, à trois chevrons de gueules.*

(2) *D'or, à la croix de gueules.*

(3) *De sable, à la croix d'argent.*

(4) *Écartelé : de gueules, à la bande d'argent,* qui est de Neufchâtel, *et de gueules, à l'aigle d'argent,* qui est de Bourgogne-comté ancien.

(5) Du village de *Raville,* ancien département de la Moselle, arr. de Metz, canton de Pange.

(6) *Notice sur le château de Raville,* dans les *Publications* de la Soc. hist. de Luxembourg, t. VII (1852), p. 52. — V. aussi une note de M. de la Fontaine sur l'*Extinction de la famille de Raville,* dans les *Public.* de 1858, t. XIII, p. 121, et de nombreux titres dans les Chartes de Reinach, *ibidem,* t. XXXIII.

Feltz, Manderscheidt-Blanckenheim, La Marck. Les deux premiers cadrent parfaitement avec ceux du monument dont nous nous occupons, car la famille *von der Feltz*, en allemand, ou *de Larochette*, en français, portait : *d'argent* (ou d'or) *à la croix ancrée de gueules* (1) ; mais il n'en est pas de même des deux autres, vu que *Manderscheidt* portait : *d'or, à la fasce vivrée de gueules...* (2), et La Marck, *d'or, à la fasce échiquetée d'argent et de gueules de 3 traits, au lion issant de gueules* (3). Serait-ce donc que Jacques II de Raville n'était point fils de Marguerite de Manderscheidt ? Nous n'avons point la prétention d'expliquer cette divergence, que nous nous bornons à exposer aux historiens et aux généalogistes si compétents du Grand-Duché.

Les quartiers maternels concordent complètement avec la généalogie de la famille de Bassompierre, telle qu'on la trouve dans la dernière édition du *Grand Dictionnaire* de Moréri (4).

D'après M. d'Huard, Jacques de Raville aurait eu deux fils (5) et une fille, « Régine de Raville, mariée à Samson de Warsberg ». Telle n'est point l'alliance indiquée par notre monument, car la maison de Warsberg portait : *de sable au lion d'argent, armé, lampassé et couronné d'or* (6). Nous ignorons d'ailleurs à qui ap-

(1) A. Neyen, *Biographie luxembourgeoise.*

(2) *Ibidem.*

(3) Husson l'Escossois, *Simple crayon.*

(4) Edit. de 1759. Cf. Husson l'Escossois, La Chesnaye-des-Bois, etc.

(5) Sur l'aîné, Pierre-Ernest, et sur quelques autres personnes de la même famille, v. A. Neyen, *Biogr. luxemb.*

(6) A. Neyen, *ibidem.*

partient le chevron accompagné d'une étoile, laquelle est peut-être une brisure de cadet (1).

Nous avons cru qu'il importait de donner ces détails parce qu'ils pourront aider à trouver exactement la destination et la date d'un tombeau attribué à Joseph Richier.

Lorsqu'on a observé la variété et la richesse de tous les monuments rappelés par les dessins que nous venons de passer en revue, on ne peut que concevoir une haute opinion du talent de leur auteur, comme aussi de son imagination féconde et originale, toujours guidée par un goût judicieux.

Si l'on pouvait se rapporter aux dates inscrites sur ces calques, on serait amené à en conclure que Joseph Richier se trouvait vers 1603 en Gascogne, d'où il serait revenu à Paris en 1604. Il y aurait encore été au commencement de 1609, de sorte que ce n'est peut-être qu'ensuite qu'il serait revenu en Lorraine, sculpter le tombeau de Warin de Gondrecourt, mort en 1608. En 1624, il aurait été à Metz et serait retourné à Paris l'année suivante ; mais il est à craindre que l'on n'ait quelquefois confondu Jean et Joseph Richier.

—

Il convient maintenant de faire connaître le personnage à la sépulture duquel le monument qui fait l'objet principal de cette note était destiné ; l'inscription du dessin le désigne ainsi : Messire Warin de Gondrecourt. Il s'agit, en effet, d'un receveur-gruyer d'Hattonchâtel, descendant directement, mais, croit-on, d'une manière

(1) La maison de Nettancourt porte : *de gueules au chevron d'or.*

illégitime (1) de Humblet de Gondrecourt, receveur général et conseiller de Robert duc de Bar, et l'un des premiers anoblis de ce prince (2).

« Cette famille importante, dit M. Dumont (3), arriva dès 1354 à Saint-Mihiel, qu'elle ne quitta qu'après 1789. » (4) — « En 1373, Humblet fonda la confrérie de Saint-Eloi et mourut le 24 décembre 1379, suivant que le constatait son épitaphe posée en l'église paroissiale... » (5)

(1) Dumont *Nobiliaire de Saint-Mihiel, Supplément au premier volume*, p. 477 : Sur Humblet de Gondrecourt et ses enfants, consulter L. Maxe-Werly, *Recherches historiques sur les monnayeurs du Barrois* (extrait de la *Revue belge de numism.* 5ᵉ série, t VI), p. 22 et suivantes.

(2) L'anoblissement de Warin de Gondrecourt, du 23 juillet 1363, était le premier que connût Dom Pelletier (V. *Nobiliaire... de la Lorraine et du Barrois*. Nancy, 1758, p. XVIII); mais, depuis, M. Servais (*Annales hist. du Barrois*), en a retrouvé un qui est antérieur, c'est celui de Warin, l'un des clers du duc, fils de Husson Chaumont, bourgeois de Bar, du 10 décembre 1362. D'après des lettres patentes accordées, en 1728, par l'empereur Charles VI à Jean-Etienne Migette, de Virton, ce dernier serait descendu de Gobert Migette, qui aurait été anobli également par le duc de Bar en l'année 1362. Nous nous proposons de publier une note sur cette famille.

(3) *Nobiliaire de Saint-Mihiel*, t. I, 1864, p. 61.

(4) Cette famille, dont l'un des membres fut honoré du titre héréditaire de comte, par lettres patentes de François III, duc de Lorraine, en date du 2 mai 1736, est encore existante.

(5) Il est regrettable que M. Dumont ne cite jamais les sources auxquelles il a puisé ses renseignements. M. L. Maxe-Werly, sans avoir connu la date exacte du décès de Humblet de Gondrecourt, démontre (*ibid*, p. 43) que cet événement est arrivé entre le 19 octobre 1379 et le 23 avril suivant. Dom Pelletier donne, comme M. Dumont, la date du 24 décembre, mais il indique l'année 1419, ce qui est certainement une erreur.

Dom Pelletier (1) dit que Humblet de Gondrecourt « est qualifié conseiller du duc Robert dans un contrat d'acquêt du 15 janvier 1308, et dans le titre de fondation d'une chapelle et de quatre chapelains en l'église paroissiale de St-Mihiel » ; il ajoute que ce titre est du 6 septembre 1413, ce qui est une erreur, au moins quant à l'année ; puis il se trompe aussi de la même manière en disant que Humblet « mourut le 21 décembre 1419, et fut inhumé dans ladite église de St-Mihiel, où l'on voit encore son épitaphe et ses armes sur son tombeau ».

Dans son *Histoire de Saint-Mihiel*, M. Dumont mentionne ainsi la chapelle dotée par cette famille, en donnant la liste de toutes celles de l'église Saint-Etienne (2).

« 5° La chapelle *Saint-Eloi*, fondée en 1373 par Humblet de Gondrecourt, Conseiller et Receveur du comté de Bar ; « à l'honneur et révérence de Dieu, de sa glo-
« rieuse Vierge Mère et du très-heureux confrère (3)
« Monseigneur saint Eloi (4). » Elle occupait l'empla-

(1) *Ibidem*, art. *Gondrecourt*, p. 313.

(2) *Hist. de Saint-Mihiel*, t. III, p. 268.

(3) Ainsi que le fait remarquer M. L. Maxe-Werly, *ibid.*, p. 39-40, saint Eloi est le patron des ouvriers en métaux. « Ce fut, sans doute, en reconnaissance de la fortune acquise dans le service des monnaies que Humblet fit cette fondation ; mais dans l'acte qui s'y rapporte, il n'est point donné à saint Eloi le titre de confrère, comme l'indique M. Dumont, mais bien celui de confesseur : *in honore sancte et individue Trinitatis, beate virginis Marie et Eligii confessoris...* »

(4) M. L. Maxe-Werly (*ibid.*, p. 39-41) a adopté l'époque assignée par M. Dumont à la fondation de la chapelle et de la confrérie de Saint-Eloi. Il ajoute que l'acte, dont il n'indique pas la date précise, se trouve dans les Archives de

cement des fonts baptismaux actuels. Le fondateur y était placé sur son tombeau, du côté de l'Epître, représenté couché et armé de toutes pièces. »

Humblet de Gondrecourt portait : *d'azur à trois annelées d'or, posés 2 et 1.* Plus tard, ces armoiries furent modifiées. On trouve, dans la suite, deux confirmations de noblesse accordées dans la même famille (1); la première, par Antoine, duc de Lorraine, le 19 septembre (2) 1517, à Jean de Gondrecourt; la seconde, par le cardinal Jean de Lorraine, évêque de Verdun, le 10 janvier 1519 (n. st.), à Didier; l'un aïeul et l'autre père de Warin. « *La héraulderie de Lorraine,* ajoute Dom Pelletier, dit que Warin fut annobli le même jour; ce fut sans doute avec son père. »

Les armes de la famille furent ainsi changées par ces lettres patentes : *d'azur à la fasce d'argent, accompagnée en chef de deux éperviers d'or, et en pointe d'une molette de même.* A l'article de Warin de Gondrecourt, Dom Pelletier donne un extrait de la *Recherche des nobles* du héraut d'armes Richier, dans lequel les armoiries sont mentionnées de la même façon, avec, toutefois, l'indication d'une étoile au lieu de la molette. Les armes figurées sur le monument sont conformes à

la Meuse, O, 2, feuillets 40 et 47. Il publie, en note, des extraits de l'acte d'une déclaration faite à la même chapelle, par son fondateur, le 17 août 1378 (Arch. de la Meuse O, 2, 37), et mentionne la confirmation faite par le duc de Bar, en 1379, par une donation analogue (Arch. de la Meuse, 0, O, 4).

(1) V. Dom Pelletier, *ibid.*, et Dumont, *Supplément.*

(2) M. Dumont dit : le 19 *juillet.*

cette dernière description, mais les éperviers sont contournés ; un épervier paraît aussi en cimier, au-dessus
du timbre.

On lit dans le *Nobiliaire* de Dom Pelletier :

« WARIN DE GONDRECOURT, second fils de Didier de
Gondrecourt et de Catherine le Febvre d'Aucy (1), fut
procureur de Son Altesse, à Hattonchâtel, puis receveur, gruïer et garde du scel dudit lieu, par provisions
du grand duc Charles, à lui accordées le 24 octobre 1571,
après le décès de Jean son frère ; et enfin conseiller
d'état et en la cour du parlement de St-Mihiel. Il fit
reprises le 4 novembre 1603, et 7 janvier 1606 ; mourut
le 5 des nones de juillet 1608, et fut enterré en l'église
paroissiale de St-Mihiel. Il avoit épousé Didière
Martinot, qui étant veuve fournit un dénombrement,
tant pour elle que pour ses enfants, le 11 février 1616,
après avoir déjà fait reprises le 25 janvier. »

Les renseignements donnés par M. Dumont sont
moins nombreux, mais ont aussi leur intérêt. Warin de
Gondrecourt, dit-il, était receveur-gruyer (2) de Hattonchâtel en 1571, charge qu'il obtint « après y avoir
exercé l'office de Procureur de S. A. Il fut ensuite Conseiller en la Cour des Grands Jours et, en 1601, député
avec Jean le Pougnant, Conseiller d'Etat, pour aplanir
les difficultés soulevées à l'occasion des terres commu-
nes du côté de Marville. Il avait épousé Didière Marti-

(1) Ou plutôt *d'Ancy*, plus tard *de Saint-Germain*, famille
encore existante.

(2) Dans son *Nobiliaire de Saint-Mihiel*, t. I, p. 67 et 68,
M. Dumont avait donné par erreur à Warin de Gondrécourt
la qualification de prévôt de Hattonchâtel. Plus tard, il
reconnut que Warin n'avait été que receveur-gruyer. (V.
Ruines de la Meuse (Hattonchâtel), t. I, p. 96.)

not. » — « En 1609, la veuve de Warin de Gondrecourt fonde pour lui une messe solennelle et perpétuelle, dont il n'était plus question dans les registres ni les habitudes de la fabrique dès 1741 (1). »

D'après Dom Pelletier, Warin aurait eu cinq enfants ; M. Dumont lui en donne six ou sept.

—

Comme on l'a vu, Dom Pelletier dit positivement que Warin de Gondrecourt fut enterré dans l'église paroissiale, évidemment dans la chapelle fondée par sa famille, et M. Dumont nous apprend que cette chapelle « occupait l'emplacement des fonts baptismaux actuels » ; c'est bien au même endroit que le monument existait encore il y a un peu plus d'une trentaine d'années ; aussi, ne peut-on avoir le moindre doute sur sa destination primitive.

Ainsi qu'on peut s'en rendre compte en étudiant la planche qui représente le tombeau dans son état primitif, ce monument était réellement remarquable.

Le cadre de l'épitaphe, orné de tablettes de marbre, dont la couleur jouait un rôle important, est d'un goût très sobre et d'une grande élégance de proportions. Au milieu du soubassement, le jeune enfant, tenant les deux têtes de mort, qu'il considère avec une expression de gaîté naïve, ignorante, un peu moqueuse peut-être, est posé sur un gracieux cul-de-lampe ; de chaque côté sont des médaillons ovales et des consoles en encorbellement.

L'entablement est surmonté des armoiries, dans

(1) *Nobil. de Saint-Mihiel*, t. I, pp. 67 et 68.

un cartouche ovale, appuyé contre un support décoré de guirlandes. L'écu, qui est ovale, porte une fasce, accompagnée du chef de deux éperviers contournés, et en pointe d'une étoile. Au-dessus est un casque grillé, avec lambrequins, orné, pour cimier, d'un épervier semblable à ceux de l'écu. A gauche est représenté le défunt, à genoux, les mains jointes, et, de l'autre côté, la Vierge, portant l'enfant Jésus.

Il est bien probable que l'écusson et les statues ont été brisés à l'époque de la Révolution.

On doit regretter que les restes de cet intéressant monument aient changé de destination et qu'ils aient été déplacés du lieu où ils se trouvaient originairement; néanmoins, on ne serait guère autorisé à se plaindre s'il était démontré que ce transport a contribué à leur conservation.

APPENDICE.

Notre travail était déjà terminé lorsque nous avons reçu
une communication du plus grand intérêt. M. l'abbé Contenot, curé-doyen de Saint-Mihiel, qui n'avait pu tout d'abord
nous donner aucune indication sur le monument placé dans
l'église Saint-Michel avant qu'il en eût l'administration,
a bien voulu questionner à M. Demoget, actuellement architecte de la ville d'Angers, touchant la restauration des fonts
baptismaux faite par ses soins vers 1837. Voici quelques
extraits des renseignements qui ont été fournis, et que M. le
doyen Contenot vient d'avoir l'obligeance de nous faire par-
venir. Nous lui offrons l'expression respectueuse de nos
remerciments.

« L'enfant qui joue avec des têtes de mort a été trouvé, en
effet, dans les combles de l'église Saint-Michel, avec des
fragments de la décoration du petit monument. Cet édicule
n'avait pas été démonté, mais brisé, et je n'ai pas vu de
traces des statues et des armoiries le surmontant. En faisant
des recherches à Saint-Mihiel, sur l'origine de ces débris,
j'ai appris que... M. Justin Bonnaire... possédait un dessin
de ce monument. M. Maucourt, alors curé de Saint-Michel, a
pu me procurer ce dessin pour quelques heures, et j'en ai
pris rapidement un calque pour servir à ma restauration. Ce
dessin à la plume, assez bien exécuté, donne le plan et l'élé-
vation de ce monument, environ au 1/10... J'ai respecté re-
ligieusement, dans sa restauration, tout le motif principal,
contenant l'inscription, que malheureusement je n'ai pas
copiée.

» Ce motif était surmonté d'un écusson, avec des armoiries assez mal indiquées... — (M. Demoget décrit ici le dessin de ces armoiries.)

» A gauche, un personnage à genoux sur un coussin, les mains jointes, et vêtu d'une longue robe, costume du XVIᵉ siècle. — A droite, une Vierge portant l'enfant Jésus et se tournant vers le personnage.

» Ce monument était adossé à une colonne ronde, indiquée au plan.

» J'ai indiqué au bas la mention suivante : *Plan du tombeau de messire Warin de Gondrecourt, inhumé en 1608* (1) *dans l'église St-Etienne à St-Mihiel.*

» Et... *Calque d'un dessin original de Jean Richier appartenant à M. J. Bonnaire, de Nancy.*

» J'ai surtout cherché à sauver ce débris, en l'intercalant dans une chapelle...

» Il est possible que ce fragment existe à St-Michel depuis la Révolution ; mais il était posé à St-Etienne, et la colonne devait avoir 2 pieds 2 pouces de rayon. On pourrait retrouver la trace des incrustations dans l'église... »

Cette lettre vient compléter très heureusement notre travail. Elle le confirme de tout point, à une exception près. Selon M. Demoget, l'œuvre serait de Jean Richier, au lieu de Joseph. Quoi qu'il en soit, il s'agit d'un élève de l'auteur du Sépulcre de Saint-Mihiel, et non point de ce maître, comme on l'avait prétendu.

M. l'architecte Demoget mérite d'être loué pour avoir conservé, en les utilisant du mieux qu'il a pu, les intéressants débris du tombeau de Warin de Gondrecourt, et pour les avoir restaurés avec fidélité.

(1) Telle est bien la date véritable. C'est donc à tort que, sur le calque reproduit en tête de cet article, on a écrit 1606.

www.ingramcontent.com/pod-product-compliance
Lightning Source LLC
Chambersburg PA
CBHW061619180626
46818CB00005B/2149